Beowulf

e come sconfisse Grendel
- un mito anglosassone

Beowulf

And how he fought Grendel

-an Anglo-Saxon Epic

mantra

Gli anglosassoni giunsero sulle coste britanniche nel quarto secolo dopo Cristo. Beowulf è il primo racconto epico europeo in lingua volgare che ci è pervenuto, ed è scritto in inglese antico (Anglosassone). L'unico manoscritto sopravvissuto risale al decimo secolo, anche se si pensa che gli eventi narrati abbiano avuto luogo nel sesto secolo.

Il poema contiene riferimenti a posti, personaggi ed eventi reali, anche se non ci sono prove storiche dell'esistenza di Beowulf stesso. I Geat erano un popolo della Svezia meridionale, e gli avvenimenti di questa storia si svolgono in Danimarca.

Lo stesso J R R Tolkien era professore di Anglosassone ad Oxford, e nello scrivere il *Signore degli Anelli* si è ispirato a *Beowulf* e alla mitologia anglosassone.

Speriamo che questa versione semplificata di una parte del mito di Beowulf incoraggi i lettori a sfogliare anche la magnifica storia originale.

The Anglo-Saxons came to the British shores in the fourth century.

Beowulf is the earliest known European vernacular epic written in Old English (Anglo-Saxon). The only surviving manuscript of the epic poem dates from the tenth century, although the events are thought to have taken place in the sixth century. The poem contains references to real places, people and events, although there is no historical evidence to Beowulf himself having existed.

The Geats were the southern Swedish people and the events in this story take place in Denmark.

The late J R R Tolkien was Professor of Anglo-Saxon at Oxford and he drew on *Beowulf* and Anglo-Saxon mythology when he wrote *Lord of the Rings*.

It is hoped that this simplified version of part of the Beowulf legend will inspire readers to look at the magnificent original.

Some Anglo-Saxon kennings and their meanings:

Flood timber or swimming timber - ship   *Ray of light in battle* - sword

Candle of the world - sun   *Play wood* - harp

Swan road or swan riding - sea

First published 2004 by Mantra Lingua
5 Alexandra Grove,
London N12 8NU
www.mantralingua.com

Beowulf

Beowulf

Adapted by Henriette Barkow
Illustrated by Alan Down

Italian translation by Paola Antonioni

MANTRA

The Tale of Grendel,
Creatures
th Terrible MMonsrtosity
and Eviel

And so The GReat HERO
Beownlf son of the M
of THE massiev te
slayer

L'hai mai sentito?

C'è chi dice che se si parla o si ride troppo, Grendel verrà e ti trascinerà via. Non conosci Grendel? Beh, allora suppongo che tu non conosca neppure Beowulf. Ascolta attentamente e io ti narrerò la storia del più grande guerriero dei Geat, e di come sconfisse il malvagio mostro Grendel.

Did you hear that?

They say that if there is too much talking and laughter, Grendel will come and drag you away. You don't know about Grendel? Then I suppose you don't know about Beowulf either. Listen closely and I will tell you the story of the greatest Geat warrior and how he fought the vile monster, Grendel.

Più di mille anni fa il re danese Hrothgar decise di costruire un grande palazzo per celebrare le vittorie dei suoi leali guerrieri. Quando il palazzo fu terminato lo chiamò Heorot e proclamò che sarebbe diventato un luogo per i festeggiamenti e le offerte di doni. Heorot torreggiava sul desolato paesaggio di paludi. Le sue torri bianche erano visibili da miglia e miglia di distanza.

More than a thousand years ago the Danish King Hrothgar decided to build a great hall to celebrate the victories of his loyal warriors. When the hall was finished he named it Heorot and proclaimed that it should be a place for feasting, and for the bestowing of gifts. Heorot towered over the desolate marshy landscape. Its white gables could be seen for miles.

In una notte scura e senza luna Hrothgar tenne il primo grande banchetto nella sala principale. C'erano i cibi più squisiti e la migliore birra chiara per tutti i guerrieri e le loro mogli. C'erano anche menestrelli e musicisti.

On a dark and moonless night Hrothgar held his first great banquet in the main hall. There was the finest food and ale for all the warriors and their wives. There were minstrels and musicians too.

I loro canti gioiosi si udivano attraverso tutte le paludi, fino alle acque scure, che erano la dimora di un mostro.

Grendel una volta umano, ma ora una creatura crudele e assetato di sangue. Grendal - non più uomo, ma tuttora con dei lineamenti umani.

Their joyous sounds could be heard all across the marshes to the dark blue waters, where an evil being lived.

Grendel - once a human, but now a cruel and bloodthirsty creature. Grendel - no longer a man, but still with some human features.

Grendel era furioso per i suoni di letizia che venivano dalla sala. Più tardi, quella notte, quando il re e la regina si furono ritirati nelle loro stanze e tutti i guerrieri si furono addormentati, Grendel strisciò attraverso le paludi fangose. Quando raggiunse la porta, la trovò sbarrata.

Con un solo, potente colpo la spalancò. E fu dentro.

Grendel was much angered by the sounds of merriment that came from the hall. Late that night, when the king and queen had retired to their rooms, and all the warriors were asleep, Grendel crept across the squelching marshes. When he reached the door he found it barred. With one mighty blow he pushed the door open. Then Grendel was inside.

Quella notte, in quella sala, Grendel massacrò trenta tra i più valorosi guerrieri di Hrothgar. Spezzò i loro colli con le sue mani simili ad artigli, e bevve il loro sangue prima di affondare i denti nelle loro carni. Quando non ci fu più nessuno vivo Grendel tornò alla sua tana, scura e umida, sotto le onde.

That night, in that hall, Grendel slaughtered thirty of Hrothgar's bravest warriors. He snapped their necks with his claw like hands, and drank their blood, before sinking his teeth into their flesh. When none were left alive Grendel returned to his dark dank home beneath the watery waves.

Al mattino il palazzo era pieno di pianti e
lamenti. La vista della carneficina dei danesi più
forti e coraggiosi riempì il paese di una tristezza profonda e disperata.
Per dodici lunghi inverni Grendel continuò ad uccidere e saccheggiare chiunque
si avvicinasse a Heorot. Molti coraggiosi membri del clan tentarono di dargli
battaglia, ma le loro armature erano inutili contro il mostro.

In the morning the hall was filled with weeping and grieving. The sight of the
carnage of the strongest and bravest Danes filled the land with a deep despairing sadness.
For twelve long winters Grendel continued to ravage and kill any who came near
Heorot. Many a brave clansman tried to do battle with Grendel, but their armour was
useless against the evil one.

Le storie delle terribili azioni di Grendel furono portate lontano. Alla fine raggiunsero Beowulf, il guerriero più nobile e potente del suo popolo. Questo giurò che avrebbe distrutto quel mostro crudele.

The stories of the terrible deeds of Grendel were carried far and wide. Eventually they reached Beowulf, the mightiest and noblest warrior of his people. He vowed that he would slay the evil monster.

Beowulf s'imbarcò con quattordici dei suoi leali condottieri verso le coste della Danimarca. Appena toccarono terra la guardia costiera li interrogò: "Fermi, voi che osate sbarcare! Qual è il motivo della vostra venuta?"

"Il mio nome è Beowulf, e mi sono avventurato nelle vostre terre per combattere contro Grendel, per il vostro re Hrothgar. Perciò affrettati a portarmi da lui" comandò.

Beowulf sailed with fourteen of his loyal thanes to the Danish shore. As they landed the coastal guards challenged them: "Halt he who dares to land! What is thy calling upon these shores?"

"I am Beowulf. I have ventured to your lands to fight Grendel for your king, Hrothgar. So make haste and take me to him," he commanded.

Beowulf arrivò a Heorot ed osservò la landa desolata. Grendel era là, da qualche parte. Con cuore risoluto si voltò ed entrò nel palazzo.

Beowulf arrived at Heorot and surveyed the desolate landscape. Grendel was somewhere out there. With resolve in his heart he turned and entered the hall.

Beowulf si presentò al re: "Hrothgar, unico e nobile re dei Danesi, questa è la mia promessa: io ti libererò dal malvagio Grendel."

"Beowulf, ho udito delle tue coraggiose imprese e della tua grande forza, ma Grendel è più forte di qualsiasi essere vivente che tu abbia mai incontrato." Replicò il re.

"Hrothgar, non solo io combatterò e sconfiggerò Grendel, ma lo farò a mani nude!" Beowulf rassicurò il re. Molti pensarono che quella fosse solo un'inutile vanteria, poiché non avevano mai sentito parlare delle sue imprese eroiche e della sua grandissima forza.

Beowulf presented himself to the king. "Hrothgar, true and noble King of the Danes, this is my pledge: I will rid thee of the evil Grendel."

"Beowulf, I have heard of your brave deeds and great strength but Grendel is stronger than any living being that you would ever have encountered," replied the king.

"Hrothgar, I will not only fight and defeat Grendel, but I will do it with my bare hands," Beowulf assured the king. Many thought that this was an idle boast, for they had not heard of his great strength and brave deeds.

Quella notte Beowulf e i suoi più fidati guerrieri si prepararono a dormire nel palazzo.

That very night Beowulf and his most trusted warriors lay down to sleep in the great hall.

Appena la luce si offuscò, Grendel si fece strada attraverso le paludi,
diretto al palazzo, senza sapere che quella notte i suoi desideri
sanguinari non sarebbero stati soddisfatti.

Grendel irruppe nella sala. Afferrò un guerriero da una panca,
gli spezzò il collo e bevve il suo sangue, poi lo gettò da parte.

As the light dimmed, Grendel made his way across the
marshy ground to the hall not realising that tonight
his bloodthirsty cravings would not be satisfied.

Grendel burst into the hall.
He wrenched a warrior from
his bench, snapped his neck
and drank his blood,
and then tossed
him aside.

Si mosse verso la prossima panca e afferrò un altro uomo.
Ma quando sentì la stretta di Beowulf, seppe che aveva trovato
una forza grande come la sua.

He moved on to the next bench and grabbed that man. When he felt
Beowulf's grip he knew that he had met a power as great as his own.

"Mai più, mostro diabolico!"
Proclamò Beowulf: "Ti combatterò fino alla
morte, e il bene trionferà!"

    Grendel balzò in avanti per agguantare il guerriero alla gola, ma Beowulf
gli afferrò il braccio. Così ingaggiarono in una lotta mortale. Ognuno ribolliva
dalla voglia di uccidere l'altro. Alla fine, con una potente scossa, e usando
tutto il potere che c'era in lui, Beowulf strappò via il braccio di Grendel.

    "No more, you evil being!" commanded Beowulf. "I shall fight you to the death.
Good shall prevail."

    Grendel lunged forward to grab the warrior's throat but Beowulf grabbed his arm.
Thus they were locked in mortal combat. Each was seething with the desire to kill the
other. Finally, with a mighty jerk, and using all the power within him, Beowulf ripped
Grendel's arm off.

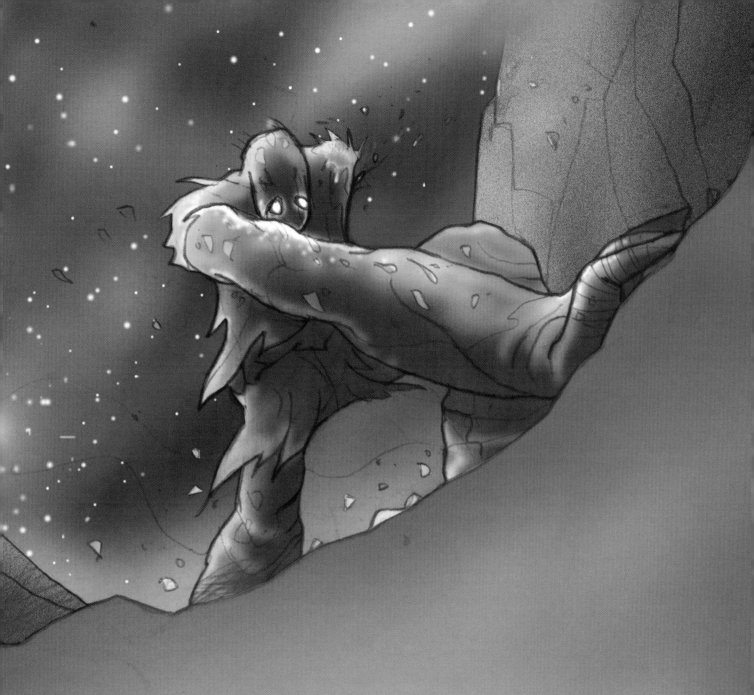

Un terribile grido perforò l'aria notturna mentre Grendel fuggiva barcollando e lasciando dietro di sé una scia di sangue.

Attraversò le paludi nebbiose per l'ultima volta, e morì nella sua grotta sotto le onde, blu e torbide.

A terrible scream pierced the night air as Grendel staggered away, leaving a trail of blood. He crossed the misty marshes for the last time, and died in his cave beneath the dark blue murky waters.

Beowulf alzò il braccio sopra la sua testa perché tutti lo vedessero e proclamò: "Io, Beowulf, ho sconfitto Grendel! Il bene ha trionfato sul male!"

Quando Beowulf si presentò a Hrothgar con il braccio, il re se ne rallegrò e lo ringraziò: "Beowulf, il più grande degli uomini! D'ora in poi ti amerò come un figlio e ti coprirò di ricchezze!"

Una grande festa fu ordinata per quella sera, per celebrare la vittoria di Beowulf sul nemico di Hrothgar.

Ma la gioia e il sollievo erano arrivati troppo presto.

Beowulf lifted the arm above his head for all to see and proclaimed: "I, Beowulf have defeated Grendel. Good has triumphed over evil!"

When Beowulf presented Hrothgar with Grendel's arm the king rejoiced and gave his thanks: "Beowulf, greatest of men, from this day forth I will love thee like a son and bestow wealth upon you."

A great feast was commanded for that night to celebrate Beowulf's defeat of Hrothgar's enemy.

. But the rejoicing came too soon.

Sotto le gelide, pronde acque azzurre una madre piangeva suo figlio e giurava di vendicare la sua morte. Nel cuore della notte, essa nuotò fino alla superficie e si fece strada fino al palazzo di Heorot. Lì, terrorizzò tutti i presenti. Afferrò uno dei guerrieri di Hrothgar, gli torse il collo e fuggì per divorarlo in pace.

Tutti avevano dimenticato che Grendel aveva una madre.

Under the deep blue chilling waters a mother mourned her son and vowed to avenge his death. In the middle of the night, she swam to the surface and made the journey to the hall of Heorot. Here she terrorised those within. She grabbed one of Hrothgar's warriors, wrung his neck and ran off to devour him in peace.

All had forgotten that Grendel had a mother.

Di nuovo Heorot si riempì di lamenti e disperazione, ma anche di rabbia. Hrothgar convocò Beowulf nella sua stanza, e di nuovo Beowulf giurò di combattere. "Andrò a sconfiggere la madre di Grendel. Questo massacro deve finire." Con queste parole chiamò a raccolta i suoi quattordici valorosi guerrieri e partì a cavallo verso l'umida tana di Grendel.

Once more Heorot was filled with the sound of mourning, but also of anger. Hrothgar summoned Beowulf to his chamber, and once more Beowulf pledged to do battle: "I will go and defeat Grendel's mother. The killing has to stop." With these words he gathered his fourteen noble warriors and rode out towards Grendel's watery home.

Seguirono le tracce del mostro attraverso le paludi finché giunsero ad una scogliera. Lì i loro occhi incontrarono una vista terribile: la testa del guerriero ucciso appesa ad un albero, presso le acque chiazzate di sangue.

They tracked the monster across the marshes until they reached some cliffs. There a terrible sight met their eyes: the head of the slain warrior hanging from a tree by the side of the blood stained waters.

Beowulf scese da cavallo e indossò l'armatura. Con la spada in pugno si tuffò nelle acque tetre. Giù, sempre più giù, nuotò per ore ed ore finché non raggiunse il fondo. Lì si trovò faccia a faccia con la madre di Grendel.

Beowulf dismounted from his horse and put on his armour. With sword in hand he plunged into the gloomy water. Down and down he swam until after many an hour he reached the bottom. There, he came face to face with Grendel's mother.

Questa balzò verso di lui, e stringendolo con i suoi artigli lo trascinò dentro alla grotta. Se non avesse avuto l'armatura sarebbe sicuramente morto.

She lunged at him, and clutching him with her claws, she dragged him into her cave. If it had not been for his armour he would surely have perished.

Dentro alla caverna Beowulf sguainò la spada, e la colpì violentemente alla testa. Ma la spada scivolò senza lasciare un graffio. Allora Beowulf gettò via la spada. Afferrò il mostro per le spalle e lo sbattè a terra. Oh, ma in quel momento Beowulf inciampò, e l'essere malvagio estrasse un pugnale e lo colpì.

Within the cavern Beowulf drew his sword, and with a mighty blow struck her on the head. But the sword skimmed off and left no mark. Beowulf slung his sword away. He seized the monster by the shoulders and threw her to the ground. Oh, but at that moment Beowulf tripped, and the evil monster drew her dagger and stabbed him.

Beowulf sentì la punta contro l'armatura, ma la lama non penetrò. Immediatamente Beowulf si spostò, e mentre cercava di rimettersi in piedi notò la spada più magnifica che avesse mai visto, forgiata dai giganti. La tolse dal fodero e rivolse la lama contro la madre di Grendel. Questa non potè sopravvivere ad un colpo così potente, e cadde al suolo morta.

La lama si dissolse nel suo sangue caldo e malvagio.

Beowulf felt the point against his armour but the blade did not penetrate. Immediately Beowulf rolled over. As he staggered to his feet he saw the most magnificent sword, crafted by giants. He pulled it from its scabbard and brought the blade down upon Grendel's mother. Such a piercing blow she could not survive and she fell dead upon the floor.

The sword dissolved in her hot evil blood.

Beowulf si guardò intorno e vide i tesori che Grendel aveva accumulato. In un angolo giaceva il cadavere di Grendel. Beowulf si avvicinò al corpo e con più colpi staccò la testa di quel perfido mostro.

Beowulf looked around and saw the treasures that Grendel had hoarded. Lying in a corner was Grendel's corpse. Beowulf went over to the body of the evil being and hacked off Grendel's head.

Reggendo la testa e l'elsa della spada nuotò verso la superficie dell'acqua dove i suoi leali compagni attendevano con ansia. Alla vista del loro grande eroe gioirono e lo aiutarono a togliersi l'armatura. Insieme ripartirono verso Heorot, portando con sé la testa di Grendel conficcata su un palo.

Holding the head and the hilt of the sword he swam to the surface of the waters where his loyal companions were anxiously waiting. They rejoiced at the sight of their great hero and helped him out of his armour. Together they rode back to Heorot carrying Grendel's head upon a pole.

Beowulf e i suoi quattordici nobili guerrieri si presentarono a re Hrothgar e alla regina con la testa di Grendel e l'elsa della spada.

Quella sera ci furono molti discorsi. Prima Beowulf narrò la sua lotta e come fosse quasi morto sotto le acque gelate.

Poi Hrothgar ripeté la sua gratitudine per tutto ciò che era stato fatto. "Beowulf, amico leale, dono a te e ai tuoi guerrieri questi anelli. La vostra fama per aver liberato i Danesi da quei maligni sarà immensa. E ora, che inizino i festeggiamenti!"

Beowulf and his fourteen noble warriors presented King Hrothgar and his queen with Grendel's head and the hilt of the sword.

There were many speeches that night. First Beowulf told of his fight and near death beneath the icy waters.

Then Hrothgar renewed his gratitude for all that had been done: "Beowulf, loyal friend, these rings I bestow upon you and your warriors. Great shall be your fame for freeing us Danes from these evil ones. Now let the celebrations begin."

Ed essi festeggiarono, eccome! Per tutti gli invitati a Heorot quella fu la più grande festa mai vista. Mangiarono e bevvero, danzarono e ascoltarono le storie degli antichi. E da quella notte in poi tutti dormirono profondamente nei loro letti, perché non c'era più nessun pericolo nascosto tra le paludi.

And celebrate they did. Those gathered in Heorot had the biggest feast there had ever been. They ate and drank, danced and listened to the tales of old. From that night forth they all slept soundly in their beds. No longer was there a danger lurking across the marshes.

Dopo qualche giorno Beowulf e i suoi uomini si prepararono a riprendere il mare verso la loro patria. Carichi di doni, e portando con sé l'amicizia tra i Danesi e i Geat, salirono sulle navi e partirono, diretti verso casa.

E cosa accadde a Beowulf, il più grande e nobile dei Geat? Ebbe ancora molte avventure e combatté contro molti mostri.

Ma questa è un'altra storia, e si dovrà raccontare un'altra volta.

After a few days Beowulf and his men prepared to set sail for their homeland. Laden with gifts and a friendship between the Geats and the Danes they sailed away for their homes.

And what became of Beowulf, the greatest and noblest of Geats? He had many more adventures and fought many a monster.

But that is another story, to be told at another time.